저녁의 고래

저녁의
고래
Evening of the Whale

정일근 신작 시집 New collection of poems by Chung Il Keun

지영실, 다니엘 토드 파커 옮김 Translated by YoungShil Ji, Daniel T. Parker

K

POET

아시아

차례
Contents

저녁의
고래
Evening of the Whale

POET

장엄미사

몽골 초원 작고 둥근 게르 교회

양 열두 마리, 염소 세 마리, 낙타 네 마리

신자 전부다, 주인이 일찍 잠든

영혼마저 쩍쩍 얼어붙는 극한의 밤

서로 머리, 뿔 맞대고 기도 올린다

하늘 뒤덮은 별은 신을 위한 우주 장엄

은하수는 여기 살다 먼저 떠난 착한 영혼의 바다

그 별들 사이에서 꼬리별 하나 내려와 어미 잃은

어린 양에게 따뜻한 젖 꺼내 물리는데

Solemn Mass

A small round church in a ger on the Mongolian steppe

twelve sheep three goats four camels

are the only believers after their owner nodded off

even the soul is frozen *zzeok-zzeok* in the bitter cold night

with horns and heads huddled they pray

stars cover the sky to show the cosmos' reverence for God

the Milky Way is a sea of good souls that lived here and left

a comet descends from amidst the stars

가끔 시 쓰는 외계인 UFO 타고 지나가다

교회가 어린왕자 사는 B612 소행성인 줄 알고

들렀다, 함께 미사 보고 간다.

and offers a warm nipple to a little lamb that lost its
ewe

sometimes a poetry-writing alien passes by in a
UFO

mistakes the church for the Little Prince's asteroid
B-612

and drops in to attend Mass in brotherhood and
leaves.

눈의 바다
—雪海에게

밤에 눈이 오면 젊은 여자는 잠들지 못한다
눈에 달뜬 여자는 지도 위에 동그라미를 그린다
그곳이 가본 땅인지 가보고 싶은 땅인지
동그라미가 늘어날수록 눈은 점점 깊어진다
여자는 국경에서 먼 북쪽에서 태어났다
눈이 유난히 많이 내리는 주소는 여자의 외가
폭설이 오면 기차가 토끼처럼 깜짝 놀라 멈춰 서서
눈을 피하는 그곳, 그런 밤은 동그라미가 많아지고
지도 속까지 폭설주의보 폭설경보가 내린다
젊은 여자는 눈 오는 날이면 한마당 가득
해주서 잡혀온 청어를 널어 말리던 외할만[1]과
왕소금 뿌려 청어 굽던 고소한 내음을 기억한다
이렇게 눈이 오면 외가로 편지를 썼다던 여자
또박또박 쓴 편지는 아직 그곳으로 가는 중일까

1 외할머니

Sea of Snow/Sea of Eyes[1]

— To the sea of snow

On snowy nights the young woman can't fall asleep

She is nostalgic from the snow she has circled on
the map

Perhaps she has been there or she wishes to go

The snow grows deeper and deeper as more circles
are drawn

She was born in a region far north of the border

The address of remarkably abundant snow is her
mother's family's

Where trains stop and wait like rabbits stunned by
a blizzard

On that kind of night the circles increase in number

and even inside the map a winter storm alert is
broadcast

Then she remembers Grandma

hanging Haeju[2] herrings to dry by the yard full

1 In Korean writing, the word for "snow" (눈) is the same as the word
  for "eye." The poet used the Korean word in the main title, but in the
  subtitle used the Chinese character that specifically means "snow."

2 Haeju is a city in North Korea near Haeju Bay.

그 편지 받고 큰아배[2]의 언문 답장은

눈길 위 단단한 발자국 찍으며 오고 있는가

세상에 사라지지 않는 발자국 없지만

폭설 속 발자국은 마술처럼 되살아나 이어진다

아직 모든 것이 현재진행형인 것은 아닌지

공화국 우편부가 걸어가 전한 여자의 편지를

아직 그곳 눈 속에서 누군가 읽고 있는지

그래서 눈은 자꾸만 내리는 것인지

여자는 동그라미를 그리다 잠들었지만

동그라미는 모두 청어 눈알 되어 눈을 뜬다

기다렸던 눈은 아니지만, 참 푸짐한 눈이다

청어 떼들 헤엄쳐 돌아오는 눈의 바다다.

2 할아버지

and the *umami* smell from grilling them with coarse salt

She said she wrote letters to her mother's family when it snowed like this

Is the neatly written letter still in the mail?

Is the reply Grandpa wrote in Hangeul

coming, stomping firm footprints in the snow?

There is no footprint that doesn't disappear in a blizzard

yet these footprints magically revive and proceed

Perhaps everything still continues

Someone is still reading words in the snow there

Her letter has been delivered by a mailman on foot

Maybe that's why the snow keeps falling

She has fallen asleep while drawing circles

All circles transform into the eyes of the herrings

Not the snow she was waiting for, but remarkably abundant eyes

A sea of snow where a school of herrings swim back home.

어머니의 문장

팔순 어머니 방은 정갈한 문장이다
눈 수술 앞둔 어머니 입원실에 모셔두고
어머니 방에 잠시 눈 붙이러 왔는데
이 문장에서 나는 잘못 찍힌 문장부호 같다
점점 어두워지는 눈으로 쓴 생의 문장
무엇 하나 뺄 것 없고 더할 것 없다
주어는 주어의 자리 서술어는 서술어 자리
단단하게 앉아 있다, 형용과 수사 없이
어머니는 어떻게 이 아름다운 문장 빚었을까
어두워지는 눈으로 종일 쓸고 닦는 일만으로
어머니 한 편의 시를 완성하기까지
얼마나 많은 눈물의 지우개 닳아 없어졌을까
어머니란 주어가 잠시 비운 사이
먼지 한 톨 끼어들 틈 없는 긴장에
간장종지 하나라도 위치를 바꾼다면
이 문장 와장창 깨어져 비문이 될 것 같다
어머니 혼자 주무시던 이부자리에서

Mother's Sentence

My octogenarian mother's room is a tidy sentence

After taking Mother to hospital for eye surgery

I came to her home to have a short nap

and in this sentence I seem to be a punctuation er-
ror

In the sentence of her life written in gradually fad-
ing sight

nothing is redundant and nothing needs to be in-
serted

The subject and predicate are placed perfectly

and sit rigidly; without metaphor or rhetoric,

how could she compose such a beautiful sentence?

While finishing this epigram

by sweeping and wiping all day long with her fad-
ing sight

how many erasers of tears have been used up?

During the temporary absence of the subject

even a single speck of dust does not interrupt the
tension

surrounding a sauce bowl, so if I even nudge it

눕지 못한 채 웅크리고 앉아

정유년 섣달 길고 긴 밤 혼자 견딘다.

this sentence would seem shattered into clamorous
grammar

Unable to lie down, I simply crouch

on the bedding where she has slept alone

Alone, I get through the long, long Lunar New Year's
Eve, 2017.

병아리 떼 종종종

소한(小寒) 추운 밤, 이부재 화백의 병아리 떼

펼친 화폭 속에서 종종 종종종 줄지어 뛰어간다

한 놈 꺼내 착한 날갯죽지 아래 손 넣으면

두 손 열 손가락 모두 순금으로 물들겠다.

들숨날숨 그대로 따뜻한 노랑 정금이 되는

그리하여 겨울이 혹독할수록

찬란한 봄이 온다는 정언(定言) 명령이

병아리 떼 종종종 걸음으로 뛰어오고 있다.

Flock of Waddling Chicks

On a cold night in Sohan[3], the artist Yi Boo-jae's flock
of chicks

run in rows with short quick steps *jong-jong, jong-
jong-jong* on the canvas

If I could pick one up and place my hands under its
gentle wings

both hands with all ten fingers would be dyed in
pure gold

Inhalation and exhalation naturally transform into
warm yellow, pure gold

thus the more brutal the winter

the more brilliant the spring   The Categorical Imperative

comes running in the waddle of the flock of chicks
jong-jong-jong.

3 Sohan, the 23rd of 24 seasonal divisions in Korea, is usually the
coldest period of a year.

줄가자미

진해에서는 줄가자미가 벚꽃의 은밀한 뒷배다

진해 바다에서 반백 년쯤 뱃일한 사람만이

아는 비밀이지, 삼사월이면 36만 그루 벚나무

모두 만개해 연분홍 꽃바다 만드는 진해

그 바다 수심 150m 깊이 이상 어디쯤 줄가자미

오른쪽으로 눈을 모아 납작하게 엎드려 있지

봄이 오기 전 벚나무 바다 깊숙이 뿌리내려

줄가자미에게 앞다투어 줄 대며 인사하지

거래가 완염하고 요염할수록 꽃향기 짙어지지

그리하여 줄가자미 제 살 속에 먼저 벚꽃 활짝 피면

그해 진해 벚꽃잔치 사태 나듯 꽃 풍년 들지

시인도 알지, 벚꽃 소식이 오기 한 달 전쯤

줄가자미 술상에 귀하게 모셔 혀에 한 점 올리면

관능[3]의 꽃이 피어 피를 따라 돌며 후끈

---

3 줄가자미는 '이시가리'로 통칭되는 값비싼 물고기다. 일본의 소설가 '무
라카미 류'는 줄가자미 맛을 '관능'으로 평했다. '다시는 다른 회를 먹지
못할 것 같다'며.

Roughscale Sole[4]

The roughscale sole is the secret angel for Jinhae's[5]
cherry blossoms
Only men who worked on Jinhae fishing boats for
fifty years or so know this
In March and April 360,000 cherry blossom trees
are in full bloom
and Jinhae becomes a sea of light pink petals
Somewhere in the sea more than 150 meters deep
the roughscale sole flattens with both eyes on one
side of its head
Before spring, cherry blossom tree roots go deep
into the sea
and compete to be the first to bow continuously to
the flat fish
As this exchange becomes more enticing and seductive
the fragrance of the flowers strengthens
If cherry blossoms bloom first in the roughscale
sole's body
that year Jinhae will have an avalanche of blossoms
for its festival

4 The roughscale sole is a specific type of a flatfish and is very
   expensive in Korea.
5 Jinhae is a town in South Gyeongsang Province, in the southeast of
   Korea. It is known for an annual cherry blossom festival in early April.

후끈 달아오르는 것을, 무뚝뚝한 경상도 바다인들
꽃의 수청에 어찌할 줄 몰라 하는 것을.

A poet drinking a month or so before the news of
the blossoms

knows that the raw fish is the honored guest at the
table

and when a slice is placed upon his tongue

the flower of sensuality[6] blooms and he becomes
flushed

as it circulates in his blood   This flower serves the
stoic son

of the Gyeongsang sea, who cannot respond[7].

---

6 Japanese novelist Ryu Murakami expressed the taste of the
  roughscale sole as having sensuality, and said he prefers it to all
  other types of raw fish.
7 Men from Gyeongsang Province are stereotypically considered to
  be reticent and unwilling to reveal their emotions because it isn't
  "manly."

순간

무당벌레 한 마리 단지, 둥근 민들레 홀씨가 궁금해 올라가 앉았다 그때, 바로 그 순간, 무심히 지나가는 바람이 홀씨를 후—하고 불어 하늘로 밀어 올렸다 무당벌레 같이 날아올랐다 어느 우주로 날아가는지 신께서 깜빡 낮잠 들어 아무것 보지 못한 하필 그 순간의 봄날에.

Moment

A ladybug perched on dandelion spores out of sim-
ple curiosity   At that moment an indifferent passing
wind blew the spores *phefff*—and pushed them into
the sky along with the ladybug   That moment of all
moments on a spring day God had nodded off so He
couldn't see which cosmos they were soaring to.

생청(生靑)부처

잎차 만들 때 살청을 한다

차의 생잎 굽거나 덖어

푸른 기운 다 죽인다는 말이다

아홉 번 찌고 아홉 번 볕에 말리는

구증구포로 푸를 청(靑) 자 죽이는 것이

사람의 잔인한 일이라 하겠지만

그래야 착하고 좋은 차가 된다

곡우 전 친구가 만든 햇차 받고

깊은 밤 차 한 잔 우린다

맑은 물 한 잔에 살청된 어린 목숨이

다시 파랗게 되살아난다

죽였다 살리는 이 일에

사람의 손은 얼마나 위대한가

향기까지 품고 찾아온다

사는 일이 번잡하여 오래 비워놓았던

내 사유의 빈 가지마다

쌓인 먼지 털어내고 열락의 꽃 피운다

Living Green Buddha

Green is murdered when green tea is processed

While raw tea leaves are being roasted

the green spirit is completely killed

Killing green through *gujeunggupo's*[8]

nine cycles of steaming and drying

might be considered the cruelty of humans

but is necessary for creating a good-tempered tea

With the fresh tea leaves a friend processed before

Gogu[9]

I brew a cup at deep night

The murdered young green life is resurrected

in a cup of clear water blooming green

Human hands have such greatness

they can kill and revive life

Even the aroma breathes again

8   *Gujeunggupo* is the traditional Korean tea processing technique
    adopted during the later Joseon Dynasty in order to reduce the
    natural toxin of the raw leaves while activating the medicinal
    properties.

9   *Gogu* is the sixth of 24 seasonal divisions, and usually occurs in the
    middle of the third lunar month (around April 20 on the modern
    calendar). It is thought to be the day when spring rains promote the
    growth of farm crops (the word literally translates as "grain rain").

아홉 번 죽이고 다시 아홉 번 죽여도

다시 살아나는 저 살청의 부활은

친구의 손길로 빚은 거룩한 생명

나에게 친구의 차는 생청부처다

무릎 꿇고 두 손으로 모신다.

Each branch of thought

that was barren for so long due to my complicated
life

spawns blossoms of delight that blow away piles of
dust

Despite the nine cycles of killing

the murdered green has been revived

into holy life by the touch of a friend's hands

I see my friend's tea is a living green Buddha

With both hands I serve him while kneeling.

잔

시인이 앉아 시를 쓰는 밥상 위의 잔

바다로 가득 차 있는 둥근 물 잔

스스로 돌면서 노는 푸른 잔

떠났다가 마감 시간에 다시 돌아오는 잔

밤이면 웅크린 등 위로 별이 떠 반짝이는 잔

시인이 목이 마를 때 단숨에 마셔버리는

궁극의 잔, 그 잔 속 내가 있고

내 속에 그 잔 놓여 있어

시인이 잠들지 못할 때 갈증 가득 차 있는 잔

비우고 나면 시가 그득하게 담겨 있는 빈 잔.

Glass

The glass on the table where this poet sits to eat and write

The round water glass full of the sea

The blue glass that plays by twirling

The glass that leaves and returns before deadline

The shining glass with stars rising over its round rim at night

When the poet feels thirsty he drains the glass in one gulp

I'm inside the ultimate glass

the glass is inside me

the glass is full of thirst when the poet can't sleep

the drained glass brims with poetry after drinking.

시맛

　고향 진해 앞바다에서 잡은 싱싱한 전갱이 한 마리,
깊고 어둡고 고독한 장독 밑바닥에서 또르르르 어머니
의 맛간장 한 방울 되는데 꼬박 두 해 스물네 달, 등 푸
른색 사라지고, 살 녹고 뼈까지 다 녹아야 진짜 맛이 되
는데

　낚시 한 마리 날로 잡아와 시 만드는데 나는 너무 빠
른 시간인지, 고민하지 않는 속도인지, 맵든 짜든 싱겁
지도 않는, 차라리 詩지도 않는,

Taste of Poetry

A fresh horse mackerel soon to be caught in my hometown of Jinhae will need to be fermented for two whole years, twenty-four months, to become a drop of Mother's seasoning sauce *drrdrrdrrdrr* at the bottom of the deep, dark, solitary *jangdok*[10]; when its blueness evaporates and all flesh and bones have dissolved, then it will taste like true seasoning

I catch a raw poem for free and spend too little time in carefree haste to complete it, so it is not spicy, nor salty, nor mild; it is not sour or poetry,[11]

---

10 Jangdok is a traditional Korean earthenware crock used to ferment or store comestible goods.
11 The original poem ends with a pun; in Korean " to be sour" is a homonym for "to be poetry."

저녁의 고래

문득 저녁 바다에 혼자 남은 고래

생각했네 내 오랜 바다 친구인 고래는

이 별에 저녁이 오는 것을 알까

가까운 푸른 바다에서

먼 검은 바다까지 서서히 어두워질 때

고래는 허허한 바다 종일 유영하다

돌아가 알전구 밝힐 주소는 있는 것일까

저녁에 사람이 집으로 돌아갈 때

허기에 발걸음 빨라지듯

포유류인 고래도 그리운 쪽으로

등 굽어지며 외로워지는 것일까

나팔꽃이 저녁에 입을 꼭 다무는 일과

달맞이꽃이 밤에 피는 이유에 대하여

피멍이 들도록 아프게 고민할 줄 아는지

돌아와 젖은 양말 벗고 두 발 씻으며

지구의 하루 걸어와 맨발에 새겨진

퉁퉁 부은 상처의 기록을 지우는

Evening of the Whale

A whale has remained alone in the evening sea
I suddenly wonder if my old friend the whale
knows that evening comes to this world;
if it has a home to return to and light a bulb
as it gradually darkens from the close blue sea
to the distant black sea
after swimming all day in the vast ocean;
if the mammal also feels loneliness
with its back hunched like a person trudging home
toward a yearning
with steps quickening from hunger;
if it agonizes from a bruised heart that knows
why morning glories shut their mouths at night
while a moonflower yawns wide open;
if it feels the evening like a person
erasing the record of a very swollen blister
on bare feet after walking one day's worth of the
earth
returning home, taking off wet socks and washing
his feet

사람의 저녁을 고래는 아는 것일까

바다에 저녁이 오면 밤으로 흐르는

해류를 천천히 거슬러가며

하나의 뇌가 반은 잠들고 반은 깨어

잠들지 못하는 눈과 반쪽의 꿈으로

낮에 울산 바다에서 잠시 스친 시인의 안부로

고래는 저녁의 허기를 견딜 것이네

내 친구 고래는 알 것이네

저녁이 와야 우주의 밤 오고

밤이 와야 바다의 새벽 와서

숨 쉬는 하루를 선물 받아

일해야 그 하루를 살 수 있는 사람과

살아야 그 하루를 생존할 수 있는 고래는

다시 저녁이 올 때까지 관절 뚝뚝 꺾으며

사는 일과 살아내야 하는 저녁의 이유를

제 몸에 나이 깊게 새기며 알 것이니.

When evening comes to the sea, slowly riding

against the ocean current that streams into the
night

the whale will endure evening hunger

with best regards from a poet briefly met in Ul-
san[12]'s sea by day,

with its brain half asleep, half awake,

dreaming in one half and keeping one eye open

My friend the whale will know

that evening must come before the night of the uni-
verse

and night must precede the dawn of the sea

and that it can survive by living with someone

who can work and live for a day

with the gift of a day's breathing; it will know why

it should live knocking knuckles until the next eve-
ning comes

and why it should survive the evening

as it inscribes those reasons deep in its aging body.

---

12 Ulsan is South Korea's seventh-largest city; its harbor Jangsaengpo
has been designated as a "whale cultural heritage zone."

산벚나무

은현리 솥발산에 봄이 그려 놓은 하얀 말풍선 몇 그
루, 무슨 말인들 당신이 적어 놓고 가시라는.

Sargent Cherry Trees

Spring has illustrated white speech balloons on a few trees at Sotbalsan mountain[13], so you can write your comments there.

13 Approximately 50 people who fought for democracy, education reform, Korean unification and civil rights are buried in Ulsan's Sotbalsan cemetery park. Each grave has a visitor's book next to it, so visitors may write comments commemorating the dead.

늘골에 홍매 피다

　아직 눈 녹지 않는 얼음 그늘에서 피는 통도사 홍매는
지독하게 아픈 주장자다, 이놈아 선방에 들지 않았다면
누워 시나 쓰지 매년 무슨 꽃구경 호사냐, 노사가 홍매
주장자를 들고 혼절시키듯 내리친다. 그것도 두 개나
골절해 복대 차고 지팡이 짚고 꽃 찾아간 내 왼쪽 늘골
을 향해서. 아득하다. 부서진 내 늘골 사이사이 홍매가
그득 핀다.

Red Plum Blossoms Bloom
in My Ribs

The old monk's staff was made from a limb of a red plum-blossom tree that bursts into bloom in the shade of ice and remaining snow at Tongdosa Temple[14] and it hurts like hell; *You lazy boy, if you decided to abandon Zen study at the temple, you should be continuing to lie on your stomach and write poems, but instead, you take the luxury of viewing flowers every year!* as he strikes me with the staff as if trying to knock me down. He targets my left side, where two ribs had previously been broken, making me need to wear an elastic binder and walk with a cane in order to come here to see the flowers. I'm momentarily blinded. Red plum blossoms are in full bloom in the spaces between my broken ribs.

14 Tongdosa Temple is in the southern part of Mt. Chiseosan near Yangsan in the southeast of Korea. It is believed to house several relics of the Buddha and is often called "the temple without a Buddha" because there are no statues of the Buddha.

나방 등신불(等身佛)

고성 천황산 안국사 객사 문풍지

겨울 외풍 막으려 비닐 덮는 날이었다

그 아래 숨은 듯한 마리 나방

등신불로 입적해 있었다

볕이 찾아와 종일 무량 공양 올렸다

풍경이 울며 바람 공양 올렸다

여기에 남지 않았다면

이내 바스러져 사라졌을 미물 앞에

시인이 하루 종일 침묵하는 날이었다.

Deungshinbul[15] of a Moth

It was the day to weatherstrip the doors of Anguk-
sa's[16] guesthouse

at Goseong-gun and to replace the vinyl that pre-
vents wintry drafts

A moth hidden under the old vinyl

had entered Nirvana as a *deungshinbul*

Sunshine visitation offered a memorial service
through the day

Wind chimes offered the ringing wind

If the moth had not remained here

it would have crumbled and disappeared in a short time

A poet spent that day in silence before the trivial
thing.

15 A monk mummified while sitting in the lotus position.
16 One of several temples in South Korea named Anguksa.

날벌레 먹다

이른 출근길 팥빵 하나로 얼요기 한다

날아온 작은 날벌레 한 마리와 겸상이다

저나 나나 갈 길 바빠 쫓지 않고 함께 먹는다

다 먹고 나니 그 벌레 보이지 않는다

아뿔싸! 나의 식탐이 벌레까지 다 먹었구나

내 뱃속에 너의 지옥이 있었구나

내가 걸어 다니는 아귀 나락이었구나

벌레여 다가오는 고성 안국사 우란분회 가서

I've Eaten a Flying Bug

Leaving for work early I replace breakfast with a red bean bun

A small flying bug eats it with me

As we are both so busy I don't swat it and we eat together

When I am finished eating I don't see the bug

Oh no! My greed has devoured it

My stomach has become its hell

I am become the walking hell of a hungry ghost[17]

Oh bug, I should attend *Ulambana*[18] soon at Anguksa[19]

17 "Hungry ghosts" are a specific type of spirit in Chinese traditional beliefs. A person who was driven by intense emotional needs and acted in an animalistic way can become a hungry ghost.
18 *Ulambana* is a Buddhist service held in a temple on the 15th of July (lunar calendar). Rituals are performed to save hungry ghosts from suffering in hell.
19 One of several temples in South Korea named Anguksa; this one is located in Goseong-gun.

너의 천도 엎드려 빌어야겠지만

나를 절대 용서하지 마라, 이 벌 다 받게 해라.

so I can kneel with my forehead on the floor and
pray for your soul

but instead let me receive all the punishments, and
never forgive me.

사가르마타

인도 판(板)이 밀려와 아시아 판과 부딪혔을 때

히말라야산맥 2500km가 치솟아 올랐다지요

그때 테티스 해(海)도 하늘로 따라 올라갔다지요

그것을 지켜본 누군가가 있었기에

가장 높은 산봉우리를 사가르마타라고 불렀다지요

사가르마타는 그곳 사람의 말로 하늘바다라는데

누가 아름다운 이름 만들어 후세에 전했을까요

그건 땅과 땅이 부딪혀 바다가 하늘로 갈 때

Sagarmatha[20]

They say when the Indian plate drifted and collided
with the Asian plate

the Himalayan range stretched over 1,550 miles

and the Tethys Ocean also rose into the sky

There must have been a witness

someone who called the highest Himalayan "sagar-
matha"

I heard sagarmatha means the forehead of the sky
in their language

Who gave such a beautiful name as a gift for future
generations?

That witness was the first poet to observe the se-
crets

20 The Nepalese name for Mt. Everest.

그 비밀 지켜본 최초의 시인이 있었다는 것이지요

5천만 년 전에서 8백만 년 사이 하늘로 간 바다 똑똑
히 본.

as the sea went into the sky from the collision of
lands

That witness saw the sea in the sky between 8-50
million years ago

다음 생을 보았다

한가위 저녁 울주배 가로로 싹둑 두 동강 낸 아내의 환호성, 야호, 배의 다음 생을 보았다! 껍질부터 깎을 땐 보지 못한, 은밀하게 보여주는 배의 씨와 씨방 신기한 듯 한참이나 바라보다가.

She Saw the Next Life

On Chuseok[21] evening, my wife cut an Uljoo[22] pear right through the middle and then shouted *yoo hoo, I saw the pear's next life!* after a period of gazing at its seed and ovary as if watching mystical things the pear had furtively revealed, things she couldn't have seen if she had peeled it.

---

21 Chuseok is the Korean "Thanksgiving" or "Harvest Moon" holiday.
22 Uljoo is a county in Ulsan in the southeast of Korea. The county is famous for its pears, which are exported internationally.

존중

음식 쓰레기 분리수거해 본 사람은 알지요
이 가을 잘 익은 대봉감 홍시 달게 잘 먹고 나면
감꼭지와 감 씨앗은 음식 쓰레기로 분류하지 않는 것을

그렇지요, 가지 잡고 감 꼭 붙들고 익게 한 감꼭지와
감의 자식, 쓰레기 취급하면 안 되지요
다음 생명 만드는 것이니 존중하고
귀하게 대접하라는 뜻이지요.

Respect

Anyone who has experienced separating trash[23] knows

after enjoying a softly ripe, sweet Daebong-gam[24] in autumn

its calyx and seeds are not considered trash

Yes, the calyx that ripened the persimmon

clinging to a branch and clutching the persimmon

and the persimmon's children should not be regarded as trash

They deserve to be respected and treated as precious things

since they will create another life in the future

23 Korean residents must separate all recyclable trash.
24 The Daebong-gam (or Hachiya) persimmon is rounded, slightly elongated and acorn-shaped. When fully ripe the flesh is jelly-like in texture and is as sweet as candy.

벼룩의 시학

뛴다, 벼룩이 피 빨기 위해
0.3mm 벼룩이 존재하기 위해
제 몸 130배 강한 힘으로
제 길이 200배 더 높이
뛴다, 1740mm의 호모사피엔스여
먹기 위해 달려본 적 언제인가
휙 스치며 달아나는 시마 잡아
단숨에 정수리 피 빨기 위해
높이 뛰어본 적 그 언제인가
와불인 척 누워 TV 연속극 보며
아이패드 메모장에 시 톡톡 찍는
시인이여, 나는 이미 틀렸다
나의 시는 수평으로 길게 퇴화 중
용맹정진의 힘으로 다시 달려
네가 쓴 시 수직으로 쌓아놓고
그 높이 단숨에 훌쩍 뛰어넘어 보자
돌아가자, 벼룩 한 마리로

Poetics of a Flea

A flea runs to suck blood
runs to exist with its 0.3-millimeter body
lifts 130 times its weight
leaps 200 times its height;
I, a 1,740-millimeter homo sapien
when was the last time I ran to food?
When was the last time I jumped up in a flash
to catch a poetic ghost
brushing past and whooshing away from me
in order to suck blood from its scalp?
Stretched out like a reclining Buddha and watching
TV
while tapping out a poem on my iPad,
I'm hopeless as a poet
My poems are degenerating, long and flat
After raising my poems higher
I will run again in fearless, earnest effort
and will leap over them in a flash
I will return as a flea
and again will leap up

다시 한 번 뛰어올라

공룡 같은 시의 목 질근질근 씹어보자

그 피와 살 다 빨아 마셔

바짝 말라 껍데기만 남을 때까지.

to viciously chew the dragon neck of poetry
until it grows gaunt and only parched skin remains
after I have gorged on its blood and flesh.

규모 5.8

우루루루 집이 큰소리로 울었다

내 생의 만인보가 차르르르 펼쳐졌다

수신거부 되어 잊힌 봉인돼 까맣게 잊힌

슬픔에게서 안부의 톡이 톡, 날아왔다

심장이 붉게 검붉게 정처 없이 뛰었다

내 안의 지진은 리히터 규모 7.0 이상 크기였다.

A Magnitude 5.8 Earthquake

My house rolled loudly *urururu*

The *maninbo*[25] of my life flashed before my eyes
charrr

I received a text from the sadness asking about me

but the number had been blocked, sealed, forgotten,
completely forgotten

My heart pounded like crazy growing red, dark-red

Inside me, the earthquake was over 7.0 on the Rich-
ter scale.

---

25 Literally translated as "ten thousand lives," the word refers to a
chronicle about people's lives.

규모 5.4

　　언제부터 우리 집에 같이 살고 있었을까 고층 아파트
콘크리트 바닥에서 집 구렁이 기어 나와 저리 비켜 저
리 비켜 누워있는 내 등짝 구불텅구불텅 밀어 올린다
꿈이 아닌 생시에 죽음이 제 몸 보이며 온다 달아나야
하는데 내 죽음 이후의 상사(喪事)가 눈에 선하다 아무개
시인금월모일모시별세전인부고⋯ 달아나야 하 ㄴ ㅡ
ㄴㄷ⋯ㄷㅏㄹㅇㅏㄴㅏㅇㅑ⋯

A Magnitude 5.4 Earthquake

How long has it been living in my house? A giant
rat snake crawls out of the concrete floor of my high-
rise apartment as I lie on my back and it lifts me up
with its tortuous writhing *Get outta my way! Get
outta my way!* Death comes for me showing its form
in reality, not a dream   I must run away but instead
I vividly see a premonition of an occurrence after my
death   *It is reported that the poet So-and-So died
earlier this month* ⋯ I must   r ʌ n ⋯ r ʌ n ə w é i ⋯

시인노트
Poet's Note

겨울이면 철새 독수리가 한반도 따뜻한 남쪽까지 날아온다. 티베트나 몽골 북부에서 3,000km를 비행해 여기까지 온다. 인생의 오랜 도반인 대안 스님이 계신 경남 고성 안국사 마당에서 그 독수리 떼의 활공을 바라볼 때마다 내 시는 얼마나 비행해 갈까, 생각했다.

내 시는 한반도 남쪽 안에서 노는 작은 텃새에 불과하다. 한 번은 큰 새 독수리처럼 장천을 날고 싶다. 내 시는 내가 살아 있는 동안은 쉬지 않고 비행하겠지만 그 날갯짓을 어떤 철새에 비유할 수나 있을까 싶다. 날개가 돋는다면 히말라야 산맥을 유유히 날고 싶다. 천산산맥을 빠르게 날고 싶다.

내 무지겠지만, 나는 내 시가 과연 영역이 될 수 있을까를 고민해왔다. 내가 사용하는 시어가 모국어인데, 그 모국어가 영역이 된다면 모국어가 주는 순연한 감동

Every winter, migrating eagles fly approximately 1,860 miles from Tibet and northern Mongolia to the warmer southern part of the Korean peninsula. Whenever I see a convocation of eagles gliding into the yard of Anguska Temple, where my old friend Dae-Ahn the Buddhist monk lives, I think about how far my poetry can fly.

My poetry is nothing but a small, local bird hanging around the southern half of the Korean peninsula. Someday I would like to fly into the vast sky, like a majestic eagle. My poetry will keep flying for the rest of my life, but I wonder if my poetry can even be compared to the wings of a migratory bird. If wings can sprout from my poems, I hope I will leisurely soar over the Himalayas and fly swiftly to the Tian Shan

을 그대로 전달 해줄까? 그런 부질없는 걱정으로 외국어로 번역되는 일을 저어했다. 그 사이 21세기 문학은 세계로 달려갔고, 나는 로댕의 작품 '생각하는 사람'처럼 폼만 잡고 고민만 하고 있었다.

늦었지만 이번 시집 출간에 용기를 준 아시아 가족들께, 내 시에 영역의 날개를 달아준 지영실, 다니엘 토드 파커 부부께 감사 인사드린다. 새로운 시편으로 묶었으니, 내게는 13번째 시집의 목록에 올린다. 시집이 시의 편수로 결정되는 것은 아니지 않는가.

돌아보고 헤아려보니 시력 36년차에 13권의 시집, 또 나올 시집들……. 시인이란 이름표 달고 게으르지 않고 부지런히 살았으니 그것으로 행복하다. 반면 일제강점기 기간과 같은 시인 공화국에 사는데, 나는 시를 위해 어떤 '암살'을 꿈꾸었는가? 나는 시인공화국의 '독립'을 위해 어떤 '운동'을 했는가.

내 시집이 한국이든 아시아든 세계 그 어디든 내 시를 읽어줄 인연을 가슴 두근두근 기다리며.

2019년 가을을 기다리며
정일근

mountains in China.

Maybe it's my ignorance, but I've wondered if my poems could be translated into English. When the mother tongue I use for writing is translated into English, can the pure sentiment expressed in Korean be effectively delivered to the readers? With my useless concern, I feared my poems being translated. During this time, Korean literature in the 21st century has migrated into the world, and I've just kept worrying, mimicking Rodin's "The Thinker."

It's late in coming, but I want to thank ASIA Publishers for encouraging me to publish this book, as well as Youngshil Ji and Daniel Todd Parker who gave English wings to my poems. This is my 13th book of poetry, since the poems have been compiled in a new way. I think the total number of poems in the book isn't significant.

Thirteen books of poetry have been published in the 36 years since I debuted as a poet, and more books will come. I'm happy that I've lived diligently wearing the badge of "poet." But in the meantime, what kind of assassinations did I scheme for the sake of poetry, while living in this era that reminds me of the republic of poets during the Japanese colonial period? What kind of movements have I led for the independence of this republic of poets?

I am eagerly awaiting the making of new connections with readers from around the world, as well as in Korea.

Waiting for autumn 2019,
Chung Il Keun

시인
에세이
Poet's Essay

POET

가을, 겨울, 봄, 여름, 다시 가을

가을

9월입니다. 여름이 길고 무더웠던 만큼 9월이 오길 진실로 갈망했습니다. 8월이 물러나고 9월이 오는 첫 시간을 설레며, 잠들지 않고 기다렸습니다. 비, 번개, 천둥이 9월 첫날의 문을 열어젖혔습니다. 내륙에는 무더위가 예보됐지만, 호우주의보가 내린 남쪽 지역의 9월은 마음 깊이부터 젖어 올라오는 가을비로 시작됐습니다.

시인이 사는 마을을 돌아 지나는 회야강에 흙탕물이 여흘여흘 흘러가고 있습니다. 여름 내내 보여주지 않던 강의 모습입니다. 드문드문 제 바닥을 드러낸 고통에 안타까운 시간이 많았지만, 물이 흐르자 현옹수 깊은 곳에서부터 울리는 기쁨의 소리가 있었습니다. 마른 우물마다 물이 차오릅니다. 9월입니다.

9월의 '9' 같은, 아라비아 숫자는 아라비안이 만들지 않았다고 합니다. 인도의 산스크리트어와 영어에서 전와(轉訛)됐다고 합니다. 영업과 계산에 숫자가 필요했던 아라비안 상인들은 이 숫자의 유럽 쪽 전달자였을 뿐입니다.

아라비안은 수를 만들지 않고 자신의 이름을 건 것은 100% 남는 장사였습니다. 다행히 지금인 '인도-아라비아' 숫자로도 불린다니 인도의 체면이 섰습니다. 인도-아라비아 숫자는 15세기말에 지금의 모습을 갖추었다고 합니다. 그 수로 우리는 계산을 하고 거래를 하고 월력을 만들었습니다.

저는 월력을 만든 1부터 12까지의 아라비아 숫자에 대해 몇 편의 시를 쓴 적이 있습니다. 11월에 대해 나무가 직립해 겨울을 향해 걸어가는 모습으로, 12월은 그 나무 아래 사람이 무릎 꿇고 경건히 기도하는 모습으로 형상한 것으로 비유했습니다. 2월은 꽁지 짧은 어린 새로 보았습니다.

그러다 9월을 기다리다 9월에 대해 생각했습니다, 9월의 의미는 무엇일까? 곰곰이 생각하다 나무가 다는 열매에까지 생각이 닿았습니다. 9월은 여름을 견딘 배, 사과, 감 등의 굵은 과일을 다는 계절입니다. 9월을 아니 6월의 답도 함께 얻었습니다. 9월의 열매를 위해 6월은 꽃을 다는, 열매를 잉태하는 달이 아닐까요.

6월의 꽃이 9월에 이르러 열매를 답니다. 그건 또 생각이 깊어진다는 것입니다. 익은 벼가 머리를 숙이듯 9월은 사유로 제 머리가 수그려지는 달입니다. 9월의 속으로 내밀한 살과 향기가 차오르기 시작합니다.

9월을 어떻게 채우는가에 따라 10월과 11월이 다르게 읽힙니다. 9월을 채우기 위해 우리는 한 편의 시를 읽고, 책을 들고, 밤 깊도록 자신을 태워 불을 밝힙니다. 그건 지혜의 등불입니다. 먼 바다를 건너온 배를 인도하는 등대의 불빛입니다. '어디서 와서 어디로 갈 것인가'에 대한 질문과 답이 9월에 있습니다.

그대. 9월입니다. 많이 기다린 계절입니다. 기다린 사람은 시인이 될 수 있다고 합니다. 이 9월에 9의 형상으로 서서, 혹은 9처럼 생긴 아리스토텔레스의 등불을 들고 인생을 밝히는 시인들을 만나고 싶습니다.

겨울

지금 당신의 책상 위에 놓여있거나, 벽에 달아놓은 달력에는 이 해의 끝을 알리는 12월이 펼쳐져 있을 것입니다. 미국의 소설가 '오 헨리'의 「마지막 잎새」 같은 남은 달력 한 장을 보면 마음이 짠해집니다. 역사를 담은 수레는 깊고 뜻있는 궤적을 새기며 한 해의 마지막 달에 잠시 서서 숨을 고르는 시간입니다.

바야흐로 남은 해를 보내고 새해를 맞이하려 분주해지는 시간입니다. 당신의 달력에는 이런저런 12월의 약속이 기록되고 있을 것입니다. 바야흐로 'year-end' 시즌입니다. 하지만 이미 종교적으로 새해를 맞이한 분들도 있습니다. 가톨릭교회가 그렇습니다. 가톨릭 달력인 '전제력'에 따르면 12월 3일부터 새해가 시작됐습니다. 그분들에게 세밑에 새해 인사 전합니다.

24절기 중 스물두 번째인 동지(冬至) 22일 또한 새해로 칩니다. 동지를 아세(亞歲), 작은 설날이라 했습니다. 역경(易經)을 보면 12월(음력11월)은 자월(子月)입니다. 새로운 일 년의 시작입니다. 예로부터 동지첨치(冬至添齒)라 했습니다. '동지팥죽을 먹어야 진짜 나이를 먹는다'는 말입니다.

국민적인 새해는 양력으로 1월 1일이고, 음력 설날이 있습니다. 그러니 우스갯소리로 새해를 넙죽넙죽 다 받아 챙기면 4살을 한꺼번에 먹는 셈입니다.

12월이 생각하게 하는 달이길 바랍니다. 새해 초 우리가 선물 받은 그 많은 시간이 다 어디로 갔는지 아뜩해집니다. 시간을 어디에 사용하고 무엇으로 낭비했는지 헤아리고 반성해봅니다. 12월 달력에 남은 하루하루 역시 소중하고 의미 있는 날인데, 마치 12월은 한 해를 보내고 새해를 기다리기 위해 요란하게 혹은 그저 그렇게 보내는 것은 아닌지 모르겠습니다.

12월 앞에 경건하길 바랍니다. 저는 12월에 대하여 '절대자인 1 앞에 사람이 무릎 꿇고 사유하는 달'이라고 여러 번 말해왔습니다. 그래서 현명한 인디언들은 12월을 '침묵하는 달'(체로키 족), '무소유의 달'(퐁카 족)이라 했습니다. 고요히 침묵하는 달이며 자신이 가진 것을 이웃에 나눠주고 아름다운 빈손이 되는 달입니다.

그나마 얼마 남지 않는 시간들은 송년이니 망년이니 낭비해버린다면 새해는 새해답지 않아지는 것은 아닌지요. 적바림에 기록된 것들을 정리해보며 반성하고 새해의 희망을 정할 때 12월이 제 이름값을 하는 법입니다.

그리고 기억하십시오. 저나 당신에게 시간은 무한이 아니라 유한입니다. 무한한 시간이 흘러가지만 당신이 쓰는 시간은 유한한 것입니다. 두 손 가득 잡고 있다고 생각하지만 언젠가 빈손으로 돌아갑니다. 그리하여 12월 마지막 날을 보낼 때 한 번쯤은 읽었던 이 시를 떠올려 보길 바랍니다.

　세상은/험난하고 각박하다지만/그러나 세상은 살 만한 곳//한 살 나이를 더한 만큼/좀 더 착하고 슬기로울 것을 생각하라.//아무리 매운 추위 속에/한 해가 가고/또 올지라도//어린것들 잇몸에 돋아나는/고운 이빨을 보듯//새해는 그렇게 맞을 일이다.

　-김종길 시 「설날 아침에」 끝부분

봄

　저는 '발밤발밤'이라는 말을 좋아합니다. '발밤발밤'은 '걸음 한 걸음 천천히 걷는 모양'을 나타내는 부사입니다. 저는 발밤발밤, 이 말에서 몸과 마음의 편안함이 느껴집니다. 서둘지 않고 천천히 걸어가는 기분입니다. 자연에 비유하자면, 꽃이 피는 속도나 단풍이 드는 속도가 아닐까 생각합니다.

　사람과 자연이 같은 속도였던 평화롭던 옛날이 있었습니다. 언제부터 사람이 자연의 속도를 앞지르기 시작하면서 사람은 **빠르게**, 더욱 **빠르게** 달리기 시작했습니다. 아마 '일등주의'가 그때부터 만들어졌을지 모르겠습니다. 요즘 4차 산업혁명, 5G 시대로 가면서 시간에 더욱 쫓기는 기분입니다. 이럴 때 우리에게 발밤발밤한 속도가 필요할 것 같습니다. 그건 사람의 속도, 평화의 속도입니다.

언제부턴가 사람이 달리기 시작했습니다. 달리는 차 안에서 패스트푸드로 끼니를 때우고 휴대폰을 2~3개 씩 들고 다니며 엘리베이터를 기다리는 시간이 아까워 비상구 계단을 뛰어올라갑니다. 그런 모습이 속도의 시대를 지배하는 현대인의 진정한 가치라 생각했습니다. 속도를 좋아하는 사람들은 더욱 **빠른** 속도를 찾게 됩니다. 그런 욕망이 4차 산업혁명 시대를 만들어가지만 사람의 본질은 느림의 속도와 같이 합니다.

시간의 노예로 전락하는 것에 반대해 이미 1990년대부터 '슬로비족(Slobbie)'이 등장했습니다. 이들은 '느림의 미학'을 사랑하는 사람들입니다. 느리다고 게으른 사람이 아닙니다. 천천히 그러나 훌륭하게 일하는 사람입니다. **빠르게** 돌아가는 현대 생활의 속도를 조금 늦춰 여유롭게 살아가려는 사람들입니다. 물질보다는 마음을, 출세보다는 자녀를 중시합니다. 이들은 하루에 2시간은 가족과 시간을 보낸다고 합니다.

달팽이족인 저는 달리기보다 산책을 좋아합니다. 천천히 걷는 산책이어야 요즘 양지바른 곳에 활짝 핀 봄까치꽃도 만나고 별꽃도 볼 수 있습니다. 동백꽃 핀 곳에서 지저귀는 동박새의 노래도 들리고 벌의 붕붕거리는 부지런한 날개 소리도 들립니다. 자세히 보고 듣기 위해서는 속도의 욕망을 이겨야 합니다. 그건 가속이나 과속이 아닌 사람의 속도로 돌아가야 한다는 말입니다.

빠름의 선물은 '편리'이고, 느림의 선물은 '사유'입니다. 천천히 걸을 때 좋은 생각이 찾아옵니다. 아무리 편리함이 좋다고 해서 사람만이 할 수 있는 생각을 속도에 맡길 수 없습니다. 4차 산업혁명이 사람에게서 남은 생각하는 힘마저 빼앗아 갈 것 같아 두렵습니다. 생각하는 그 힘이 곧 인문학의 힘입니다.

봄입니다. 새 학기가 시작됐습니다. 당신이 사랑하는 길을 천천히 걸어보길 권합니다. 어디에 어떤 풀꽃이 피어 있고, 어느 나무의 꽃이 피었는지 알 수 있는 속도로 말입니다. 느린 속도의 산책일 때, 우리가 사는 별이 얼마나 아름다운지를 알게 될 것입니다. 아름다움이란

빠른 속도에 절대 자신의 정체를 밝히지 않습니다. 사람도 마찬가지입니다. 사람의 속도일 때 사람이 보이는 법이니까요.

여름

'아, 이 반가운 것은 무엇인가/이 히수무레하고 부드럽고 수수하고 슴슴한 것은 무엇인가/겨울밤 쩡하니 닉은 동티미국을 좋아하고//얼얼한 댕추가루를 좋아하고 싱싱한 산꿩의 고기를 좋아하고/그리고 담배 내음새 탄수 내음새 또 수육을 삶는 육수국 내음새/자욱한 더북한 삿방 쩔쩔 끓는 아르굳을 좋아하는 이것은 무엇인가/이 조용한 마을과 이 마을의 으젓한 사람들과 살틀하니 친한 것은 무엇인가/이 그지없이 고담(枯淡)하고 소박(素朴)한 것은 무엇인가'

다소 긴 인용이지만, 이 시에서 말하는 '이것은' 무엇일까요? 정답은 '국수'입니다. 예를 든 것은 백석 시인 (1912~1996)의 시 「국수」의 마지막 부분입니다. 백석은 평안도 정주가 고향이입니다. 북쪽 고향의 추운 겨울밤, 얼음이 언 '동치미국'에 말아먹던 '수수하고 심심한 것'이 국수입니다. 그 국수를 북의 특미인 '랭면'이라

해도 정답입니다. 시에 등장하는 고향 사투리 또한 곱
씹을수록 구수합니다.

요즘 외식 메뉴는 단연 '평양냉면'이 대세입니다. 판
문점 남북정상회담 만찬 이후 냉면집마다 불이 난답니
다. 그 붐이 일본에까지 건너갔다고 합니다. 남북대화
의 바람을 타고 평양냉면의 본산인 '옥류관' 서울지점
을 차지하려고 야단이라고도 합니다. 지금까지 비빔밥
이 한국을 대표하는 음식인데, 앞으로는 냉면이 그 자
리를 빼앗을 것 같습니다. 세계인의 입맛을 단숨에 사
로잡을 경쟁력의 맛이 그 냉면에 들어 있습니다.

평양 옥류관에서 냉면을 먹던 기억이 입속에 남아 있
습니다. 2005년 6월 북에서 열렸던 남북작가대회 남측
대표단으로 방북한 적이 있습니다. 방북일정 식사 중에
옥류관 냉면이 들어 있었습니다. 군침이 도는 식사였습
니다. 대동강변 옥류관에는 냉면을 먹기 위해 기다리는
사람들이 넘쳐났습니다. 옥류관에 들어가니 물수건을
주었습니다. 서서 손을 닦고 물수건을 돌려주고 정해진
자리에 앉았습니다.

먼저 쇠고기 요리가 조금 나왔고 쇠고기 요리를 먹
고 난 뒤 냉면이 나왔습니다. MSG와는 거리가 먼 '슴슴

한' 육수에 구수한 메밀면이 담겨 있었습니다. 처음에는 '이게 무슨 맛이지' 생각하다, 먹을수록 평양냉면이 주는 깊은 맛에 고개가 끄덕여졌습니다. 북에서는 몇 그릇이라도 드시라고 권했지만 나는 한 그릇으로 충분했습니다. 남쪽에서 먹는 평양냉면이 얼마나 강한 양념 맛인지 비교가 되었습니다.

'덕후'까지는 안 되지만 나는 냉면을 좋아합니다. 김천과 풍기에 평양냉면과 비슷한 맛을 가진 단골 냉면식당이 있습니다. 여름이면 꼭 들르곤 합니다. 가끔 젊은 제자들과 동행할 때가 있는데, 제자들에게는 먹어내기 곤란한 음식이라는 것이 문제였습니다.

음식의 맛은 세월의 맛이며 나이의 맛입니다. 나이에 따라 맛의 기준이 다릅니다. 남북의 왕래가 자유로워지는 날이 오면 함박눈이 펑펑 내리는 한겨울에 평양 옥류관에 다녀오고 싶습니다. 추운 날에 '쩔쩔 끓는 아랫목'에서 냉면을 먹는 그 슴슴한 맛을 기대해봅니다. 그때쯤 제자들도 나이가 들어 그 맛을 알았으면 좋겠습니다.

다시, 가을

언젠가 미국 뉴욕타임스에서 미국에 '폰 스택 게임

(phone stack game)'이 유행하고 있다는 보도가 나왔습니다. 식당에서 각자 스마트폰을 꺼내 테이블 한복판에 쌓아놓고 있다가 계산 전에 스마트폰을 만지거나 보는 사람이 밥값을 내는 게임이었습니다. 점심 먹다 자기 스마트폰을 만지면 밥값을 다 내는 것입니다.

폰 스택 게임이 우리에게 시사하는 바가 컸습니다. 이미 스마트폰이 우리, 즉 사람을 지배하기 시작했다고 해도 과언이 아닙니다. 업계에 따르면 우리나라는 롱텀에볼루션(LTE) 등 서비스 진화에 힘입어 스마트폰 4천만 대 시대를 앞두고 있다고 합니다. 가히 전 국민이 모두 스마트폰을 사용한다는 말입니다.

조사에 의하면 국민 평균 하루 스마트폰 사용 시간은 4시간이었습니다. 스마트폰을 18~24세에서 98%가 사용하고, 25~34세에서 95%가 사용한다고 합니다. 과연 전 국민이 스마트폰을 가지고 있는 현실에서, 과연 하루 평균 4시간만 사용할까요? 조사를 해보지 않았지만 분명 아닐 것입니다.

나 역시 신문 대신 스마트폰에 의지하고 있습니다. 커피 전문점이, 커피를 마시거나 대화를 즐기는 공간에서 스마트폰 즐기는 공간으로 변질되고 있습니다. 언젠가 선배로부터 커피숍에서 기다리는 서울서 온 손님들을 대접하고 있어 달라는 부탁을 받았습니다. 시간을 내어 나갔더니 두 부부는 필자의 인사를 건성으로 받고는 스마트폰 삼매경에 빠져버렸습니다. 참 어이없는 행동과 예의에 참고 기다렸다 선배가 오자 그냥 자리를 박차고 나와 버렸습니다.

물론 스마트폰은 우리 시대를 광정(匡正)시키는 대단한 '힘'을 가지고 있습니다. 정치인이나 공직자, 기업인, 연예인까지 스마트폰에서 쏟아지는 SNS의 힘에 바짝 긴장하며 사는 시대입니다. 하지만 '특별한 이유 없이 스마트폰을 만지는 77.4%'의 스마트폰 사용자에게 권합니다. 시월입니다. 스마트폰을 끄고 밤하늘별을 켜고 이야기를 나누는 시간을 만들어보면 어떨까요. 별을 보며 가족들과 친구들과 잃어버린 대화를 나눠보면 어떨까요.

언제 지인들과 폰 스택 게임을 한번 해보고 싶습니다. 그렇게 해서라도 대화의 시간에 스마트폰을 잠시 추방해놓고 싶습니다.

해설
Commentary

POET

'궁극의 잔'을 향한 순정한 여정

이홍섭 (시인)

내년이면 시력 36년을 건너가는 정일근 시인은 누구
보다도 성실하고 일관되게 서정의 심지를 태워온 한국
의 대표적 서정 시인이다.

1980년대의 엄혹한 시대 상황을 반영한 《한국일보》
신춘문예(1985) 당선작 「유배지에서 보내는 정약용의
편지」는 유장한 리듬에 실려 오는 비장미로 당대의 아
픔을 잘 담아냈고, 이후 근래에 이르기까지 당대의 아
픔에 대한 동참을 아끼지 않으면서 시대적 화두인 생
명, 생태, 평화로 자신의 시세계를 확장시켜 왔다.

시대와 권력으로부터 핍박받는 자에 대한 동병상련
과 연민으로부터 시작된 그의 서정은, 사회적 약자와

A Pure Journey Toward "Ultimate Glass"

Yi Hongsub (poet)

It has been almost 36 years since Chung Il Keun's poetic debut during South Korea's severe political crises. Now he stands as one of the representative and earnest lyric poets of the country.

His poem, "Jeong Yakyong's Letter Sent from Exile" (1985) catapulted him into literary fame. Its tragic beauty, conveyed in flowing and elegant rhythm, reflected the anguish of the 1980s and won a prize in the *Shinchunmunye* spring literary contest sponsored by Hankook Ilbo. Since then, he has continued to weld the pain of the present age while broadening his poetic palette with topics related to life, ecology and peace.

자연의 생명체에 대한 연민을 거쳐 유·무정물과 시공간의 경계마저 뛰어넘어 '우주적 연민'으로까지 나아가고 있다. 시인이 태생적으로 우주적 연민을 지닌 자라는 평은 예전부터 있어 왔지만, 그것을 시적으로 잘 표현하고 곡진하게 몸으로 밀고 간 시인을 발견하기란 쉽지 않다. '궁극의 잔'(「잔」)을 들고자 하는 정일근 시인의 순정한 여정이 돋보이는 것은 바로 이 때문이다.

이번 시선집에 실린 시들은 그가 왜 우주적 연민을 지닌 시인인가를 잘 보여준다. 탈북민(「눈의 바다」)을 비롯, 동물(「장엄미사」, 「병아리 떼 종종종」), 식물(「생청 부처」, 「산벚나무」), 자연 현상(「사가르마타」, 「규모 5.8」) 등 그가 다루는 소재는 실로 다양하고, 이 소재를 통해 뽑아내는 시적 감흥과 깨달음 또한 다채롭기 그지없다.

시인이 소재로 삼는 생명체들은 대부분 힘든 환경이나 고통 속에서 살아가는 존재들이다. 「장엄미사」에서 양, 염소, 낙타 등의 동물들은 "영혼마저 쩍쩍 얼어붙는 극한의 밤"을 보내고, 「눈의 바다」에서 여자가 그리워하는 외가는 "폭설이 오면 기차가 토끼처럼 깜짝 놀라 멈춰 서서/ 눈을 피하는 그곳"이다. 시인의 가계 역시 예외가 아니다. 시인은 어머니의 일생을 그려내며

Chung's lyricism was born from compassion toward those who were suppressed during the political upheavals of the 1980s era, and it has matured into concern for socially disadvantaged people and nonhuman creatures, even proceeding into a universal compassion that reaches beyond the boundaries of creatures, objects and space/time. Some have described him as being born with this rare sense of compassion, which he continues to pursue in his writing. His pure journey as a poet seeking to hold "the ultimate glass" (from the poem "Glass") is a remarkable one.

The poems in this book clearly reflect his unique compassion toward various inspirations, from a North Korean defector ("Sea of Snow / Sea of Eyes") to animals ("Solemn Mass" and "Flock of Waddling Chicks"); from plants ("Living Green Buddha" and "Sargent Cherry Trees") to natural phenomena ("Sagarmatha" and "A Magnitude 5.8 Earthquake").

Chung's characters are commonly creatures enduring horrible conditions and suffering anguish. Sheep, goats and camels find their souls "frozen *zzeok-zzeok* in the bitter cold night ("Solemn Mass") while the family that the defector yearns for live "Where trains stop

"한 편의 시를 완성하기까지/ 얼마나 많은 눈물의 지우개 닳아 없어졌을까"(「어머니의 문장」)라고 탄식한다. 시인은 이처럼 힘든 환경과 고통 속에서 살아가는 존재들에게 무한한 연민을 보내며 생명, 생태, 평화의 소중함과 가치를 일깨워준다.

시인은 이러한 생명, 생태, 평화의 소중함과 가치를 일깨우면서 동시에 이들 속에 내장된 '선함'에 주목한다. "착한 영혼의 바다"(「장엄미사」), "착한 날갯죽지"(「병아리 떼 종종종」), "착하고 좋은 차"(「생청 부처」) 등의 표현에서 볼 수 있듯, 시인이 즐겨 '착하다'라는 형용사를 사용하는 것이 이를 입증한다. 시인은 이러한 표현을 통해 이들이 내장하고 있는 선함과, 이들을 추동하는 선한 의지에 관해 독자들과 교감을 나누고자 한다.

정일근 시인이 지속해온 이러한 시작 이력을 '순정한 여정'이라는 이름 붙일 수 있는 것은 그의 '시인'에 대한 각별한 자의식 때문이다. 그가 작품에서 '시인'을 등장시키는 방식은 크게 두 가지로 나타난다. 하나는 추상적 존재로서의 시인이고, 다른 하나는 실존적 존재로서의 시인이다. 전자는 그가 지향하는 절대적 존재로서의 시인이고 후자는 이 절대적 존재로서의 시인을 지향

and wait like rabbits stunned by a blizzard" ("Sea of Snow / Sea of Eyes"). The poet's own family is also included; he describes his mother's life in "Mother's Sentence" and laments, "While finishing this epigram ⋯ how many erasers of tears have been used up?" He reminds us of the significance of life, ecology and peace by sending unlimited compassion to those who exist in hardship and pain.

Yet he also has an eye for the goodness which may be born from those existences. From "a sea of good souls" ("Solemn Mass") to "gentle wings" ("Flock of Waddling Chicks") and "good-tempered tea" ("Living Green Buddha"), he favors adjectives reflecting goodness. He tries to share the feelings of inherent goodness found in these types of existences, and the good will that encourages them.

Chung's poetic history can be called a pure journey due to his rare self-consciousness of existing as a poet. Two types of poets—the abstract and the existential— appear in his works. The former is the absolute poet he seeks to become, while the latter reflects upon that search. The abstract poet sings "sometimes a poetry-writing alien passes by in a UFO" ("Solemn Mass"), or is

하는, 시인 자신이 투영된 실존적 존재로서의 시인이다. "가끔 시 쓰는 외계인 UFO 타고 지나가다"(「장엄미사」), "그 비밀 지켜본 최초의 시인이 있었다는 것이지요"(「사가르마타」)라고 노래할 때는 전자의 시인이, "시인이 잠들지 못할 때 갈증 가득 차 있는 잔/ 비우고 나면 시가 그득하게 담겨 있는 빈 잔."(「잔」), "시인이여, 나는 이미 틀렸다/ 나의 시는 수평으로 길게 퇴화 중"(「벼룩의 시학」)이라고 노래할 때는 후자의 시인이 발동한 것이라 할 수 있다. 시인의 이력이 '순정한 여정'인 것은 전자의 시인이 후자의 시인을 이끌고, 후자의 시인은 전자의 시인으로 가기 위해 수행자처럼 "하루 종일 침묵하는 날"(「나방 등신불」)도 감수하며 전력을 다하고 있기 때문이다.

이 두 가지 시인의 면모가 늘 긴장과 결락으로만 이어지는 것은 아니다. 「줄가자미」에서 "시인도 알지, 벚꽃 소식이 오기 한 달 전쯤/ 줄가자미 술상에 귀하게 모셔 혀에 한 점 올리면/ 관능의 꽃이 피어 피를 따라 돌며 후끈/ 후끈 달아오르는 것을"라고 노래하거나, 「늑골에 홍매 피다」에서 "아직 눈 녹지 않는 얼음그늘에서 피는 통도사 홍매는 지독하게 아픈 주장자다, 이놈아 선방에

the first poet to observe secrets ("Sagarmatha"). When the existential poet is invoked, we hear "the glass is full of thirst when the poet can't sleep / the drained glass brims with poetry after drinking" ("Glass") and "I'm hopeless as a poet / My poems are degenerating, long and flat" ("Poetics of a Flea"). His writing is a pure journey because the abstract voice leads the existential one, which is striving to catch up, and, like a monk, endures "that day in silence" (*Deungshinbul* of a Moth").

These two poetic aspects are not always expressed with tension or inadequacy. When Chung writes in "Roughscale Sole:"

A poet drinking a month or so before the news of the blossoms
knows that the raw fish is the honored guest at the table
and when a slice is placed upon his tongue
the flower of sensuality blooms and he becomes flushed
as it circulates in his blood

and in "Red Plum Blossoms Bloom in My Ribs:"

The old monk's staff was made from a limb of a red

들지 않았다면 누워 시나 쓰지 매년 무슨 꽃구경 호사냐, 노사가 홍매 주장자를 들고 혼절시키듯 내리친다." 라고 노래할 때 긴장과 결락은 눈 녹듯이 사라지고, 도취와 합일이 그 자리를 차지한다.

하지만 무엇보다 이 두 가지 면모가 서로 섞이며 하나가 되어 유장하게 흘러갈 때는 '고래의 파수꾼'임을 자임하는 시인이 '고래'를 노래할 때이다. "문득 저녁 바다에 혼자 남은 고래/ 생각했네 내 오랜 바다친구인 고래는/ 이 별에 저녁이 오는 것을 알까"로 시작되는 시 「저녁의 고래」는 그의 이름을 널리 알린 시 「유배지에서 보내는 정약용의 편지」를 떠올리게 만든다.

이 작품에서 시인은 시의 대상인 고래와 한몸이 되고, 두 가지로 나누어지던 시인의 면모도 자연스럽게 하나가 된다. "낮에 울산바다에서 잠시 스친 시인의 안부로/ 고래는 저녁의 허기를 견딜 것이네"라는 구절에서 시인은 더 이상 추상적/실존적이라는 이분법으로 나누어지지 않는다. 유장한 리듬이 실어 나르는 비장미가 인간과 고래라는 종의 구분을 없애고 이들을 생명과 삶의 소중함과 가치 속에 하나로 수렴되게 만든다. 실제 시인은 고래를 "생명이며, 모성이며, 문화"라고 강조하며

plum-blossom tree that bursts into bloom in the shade of ice and remaining snow at Tongdosa Temple and it hurts like hell; *You lazy boy, if you decided to abandon Zen study at the temple, you should be continuing to lie on your stomach and write poems, but instead, you take the luxury of viewing flowers every year!* as he strikes me with the staff as if trying to knock me down.

the tension and inadequacy disappear like melting snow and are replaced with harmony and even rapture.

Above all, when Chung sings about whales (he identifies himself as a shepherd of whales) the abstract and the existential are in complete unison. His "Evening of the Whale" poem that begins "A whale has remained alone in the evening sea / I suddenly wonder if my old friend the whale / knows that evening comes to this world" continues the impression that was ignited in his "Jeong Yakyong's Letter Sent from Exile."

The whale in "Evening of the Whale" projects the speaker, and the natural dichotomy of abstract/existential are joined in lines such as "the whale will en-

'고래를 사랑하는 시인들의 모임'을 만들고, 시인들의 작품을 받아 세계 최초로 고래 시집을 펴내기도 했다. 이 작품에 등장하는 "내 친구 고래"라는 표현에는 이러한 노력과 진정성이 배어 있어 감동을 더해준다.

이번 시선집에서도 잘 알 수 있듯이, 근래에 시인은 짧은 시들을 자주 발표하고 있다. 「순간」「시맛」「산벚나무」「늑골에 홍매 피다」「다음 생을 보았다」「존중」「규모 5.8」「규모 5.4」 등이 그러하다. 이 시들은 순간적인 발견과 깨달음이 주를 이루고, 이해하기 쉽게 쓰였다는 공통점이 있다. 시대와 호흡을 같이 하고 독자와의 소통을 도모하고자 하는 이러한 노력은, 시인이 그동안 걸어온 곡진하고도 순정한 여정에 비추어보면 전혀 낯선 길이 아니다. 오히려 그의 도전은 우리 모두에게 시인과, 서정시의 미래를 깊이 참구하게 만든다.

dure evening hunger / with best regards from a poet briefly met in Ulsan's sea by day." The solemn beauty and leisurely rhythm erase the distinction between species as whale and human converge into one being expressing the significance and the value of life itself. Actually, Chung has formed a group called "A Gathering of Poets Who Love Whales" seeking to symbolize whales as life, motherhood and culture. These poets contributed works in the world's first poetic anthology about whales. Chung's sincere efforts touch the readers' hearts in this poem.

This book also reflects Chung's recent foray into short poems, including "Moment," "Taste of Poetry," "Sargent Cherry Trees," and others. These poems share the common tone of *epiphany* and are easily understood. The sincere and even pure journey Chung has made results in natural efforts to fit into different eras and to communicate smoothly with his readers. The challenges that Chung faces are good references for us to use when contemplating poets, and the future of lyric poetry.

정일근에
대해
What They Say
About Chung Il Keun

POET

그의 시 여기저기에 자리 잡고 앉아 영롱하게 빛나고 있는 '바람'과 '눈물'과 '슬픔'이라는 말이 머금은 축축한 물기를 나는 좋아한다. 그것은 그의 깊은 속내를 들여다보는 것이 허용된 오랜 독자들만이 누릴 수 있는 행복이다. 그는 그런 물기를 시로써 드러내고, 드러냄으로써 치유한다.

최영철

정일근 시인의 시는 이미 일찍부터 그리움의 세계에 젖는 법을 알고 있었고, 그곳에 다가서는 몇 군데의 길을 찾아놓고 있었다. 그 길은 다분히 회상과 치유라는 서정시 본래의 길이기도 했지만, 그의 시는 90년대 중반 이후 그만의 독특한 사유의 터전을 마련해놓았던 것이다.

박윤우

시가 어디서 오는가, 무엇으로 쓰는가, 어떻게 쓰는가의 물음에 앞서 아하 먼저 나를 태우는 일이구나 하는, 내가 태어난 곳과 돌아갈 곳을 미리 알아두는 것이구나 하는. 그 목숨의 깊은 우물을 들여다보다 소낙비로 흠뻑 젖어 몸을 떠는 것이구나 하는, 이런 시조, 이런 시를 정일근 시인을 통해 읽는다.

이근배

I enjoy the moisture expressed in his poems' lucid words of wind, tears and sadness. A unique happiness belongs to Chung's regular readers, who are admitted into his deep inner thoughts. The expression of this written moisture gives his poems a specific healing ability.

Choi Youngcheol

Chung's poems have long known how to become saturated in the world of desire, and the poems present several paths to approach this destination. The process mostly relies upon his originality in lyricism, nostalgia and consolation; his poems have supplied the base of his unique thinking since the mid-1990s.

Park Yoonwoo

Before asking the questions *where does poetry come from? what is the source of poetry?* and *how is poetry written?* I can read the answers in Chung's poems. This poetry first burns, then shows where we came from and to whence we shall return, and finally our shivering bodies are drenched in rain as we peer into the deep well of our lives.

Yi Geunbae

K-포엣
저녁의 고래

2019년 8월 16일 초판 1쇄 발행

지은이 정일근 | 옮긴이 지영실, 다니엘 토드 파커 | 펴낸이 김재범
편집장 김형욱 | 편집 강민영 | 관리 김주희, 홍희표 | 디자인 나루기획
인쇄·제책 굿에그커뮤니케이션 | 종이 한솔PNS
펴낸곳 (주)아시아 | 출판등록 2006년 1월 27일 제406-2006-000004호
주소 경기도 파주시 회동길 445(서울 사무소: 서울특별시 동작구 서달로 161-1 3층)
전화 02.821.5055 | 팩스 02.821.5057 | 홈페이지 www.bookasia.org
ISBN 979-11-5662-317-5 (set) | 979-11-5662-397-7 (04810)
값은 뒤표지에 있습니다.

K-Poet
Evening of the Whale

Written by Chung Il Keun | **Translated by** YoungShil Ji, Daniel T. Parker
Published by ASIA Publishers | 445, Hoedong-gil, Paju-si, Gyeonggi-do, Korea
(Seoul Office: 161-1, Seodal-ro, Dongjak-gu, Seoul, Korea)
Homepage www.bookasia.org | **Tel** (822).821.5055 | **Fax** (822).821.5057
ISBN 979-11-5662-317-5 (set) | 979-11-5662-397-7 (04810)
First published in Korea by ASIA Publishers 2019

This book is published with the support of the Literature Translation Institute of Korea
(LTI Korea).

K-픽션 한국 젊은 소설

최근에 발표된 단편소설 중 가장 우수하고 흥미로운 작품을 엄선하여 출간하는 〈K-픽션〉은 한 국문학의 생생한 현장을 국내외 독자들과 실시간으로 공유하고자 기획되었습니다. 원작의 재 미와 품격을 최대한 살린 〈K-픽션〉 시리즈는 매 계절마다 새로운 작품을 선보입니다.